Mark Sarg

"Begehren Sie sich!"

AF666503

Mark Sarg

"Begehren Sie sich!"

Bizarre Kurzgeschichten

Goldene Rakete Verlag für Belletristik

Imprint
Any brand names and product names mentioned in this book are subject to trademark, brand or patent protection and are trademarks or registered trademarks of their respective holders. The use of brand names, product names, common names, trade names, product descriptions etc. even without a particular marking in this work is in no way to be construed to mean that such names may be regarded as unrestricted in respect of trademark and brand protection legislation and could thus be used by anyone.

Cover image: www.ingimage.com

Publisher:
Goldene Rakete Verlag für Belletristik
is a trademark of
International Book Market Service Ltd., member of OmniScriptum Publishing Group
17 Meldrum Street, Beau Bassin 71504, Mauritius

Printed at: see last page
ISBN: 978-620-2-44563-4

INHALTSVERZEICHNIS

DER MORD UND SEINE NACHBARIN 3

DIE MYSTERIEN DES LEBENS 4

DIE SCHEINEXISTENZ 5

DIE UNERGRÜNDLICHE PERSON 6

„BEGEHREN SIE SICH!“ 7

„BEGEHREN SIE SICH NICHT!“ 8

„BEGEHREN SIE MICH!“ 9

„BEGEHREN SIE MICH NICHT!“ 10

DER HOT DOG UND DIE FLIEGEN 11

DAS VERFLUCHTE GESCHÖPF 12

DAS ERLAUCHTE GESCHÖPF 13

DAS VERFLUCHTE MONSTER 14

DIE SCHLANGENBRAUT 15

DER KREISLAUFKOLLAPS 16

DER WIEDERBESEELTE UNTOTE 17

DAS MONSTER IM UNTERROCK 18

DER VORSATZ 19

DER BRENNENDE HUT (2) 20

DAS VERMALEDEITE GESCHÖPF 21

DER FREISPRUCH 22

DIE VERRÄTERISCHE VORHANGSTANGE 23

„KENNEN SIE MICH NICHT?“ ... 24
DER ZAHNSTOCHER UND DIE STECHMÜCKE ... 25
UNSITTLICHE ZWEIFEL ODER
DIE FLUCHT INS KLOSTER ... 26
DAS VERZOGENE HAUS ... 27
DAS SIGNAL ... 28
„ENTSCHWINDEN SIE NICHT!“ ... 29
„ENTSCHWINDEN SIE, O HEILIGE JUNGFRAU!“ ... 30
DIE LATERNENAKROBATIN ... 31
„ERSCHIESSEN SIE MICH!“ ... 32
„ERSCHIESSEN SIE MICH NICHT!“ ... 33
„ERSCHIESSEN SIE SICH!“ ... 34
„ERSCHIESSEN SIE SICH NICHT!“ ... 35
„DARF ICH SIE GRÜNDLICH RASIEREN?“ ... 36
DIE KREATIVE KREATUR ... 37
DIE IDEALE BARTLÄNGE ... 38
DER LEICHENAUFSTAND ... 39
„DARF ICH SIE KRIMINALISIEREN?“ ... 40
DAS VERÄCHTLICHE GRINSEN ... 41
„MEIN SCHATZ IST EINE FLIEGE!“ ... 42
DIE UNGEWÖHNLICHE KONSTELLATION ... 43
DER SEHNSUCHTSVOLLE MORD ... 44

DER MORD UND SEINE NACHBARIN

Seit längerem in Leidenschaft entbrannt für seine Nachbarin, Demoiselle Angèle Nebelwerfer, überwand ein Mord endlich alle Skrupel und lud sie abends ein zum Wein.

Nach dem dritten Glase gestand sie ihm mit kokettem Augenaufschlag, sie wäre eine langgesuchte Mörderin. Worauf er ihr vollends hingerissen die Ehe antrug – was sie alsbaldigst honorierte, indem sie ihm einen kleinen Mord schenkte.

Doch gerieten die Liebenden über der eminenten Frage, ***wie*** sie diesen taufen sollten, derart in Rage, dass sie erst ihn und dann sich gegenseitig umbrachten.

DIE MYSTERIEN DES LEBENS

„Die Mysterien des Lebens – können mir allesamt gestohlen bleiben!“, zog Prof. Ignatius Salzspecht verbittert Bilanz, nachdem er jene durch sein gesamtes Dasein mit enormer Verbissenheit ***vergeblich*** zu ergründen suchte.

Und er ward – auf Erden wenigstens – nie mehr wieder lebend gesehen.

DIE SCHEINEXISTENZ

Zu ihrem übergroßen Schrecken erkannte die selige Mrs. Peggy Schlaugott, dass sie lediglich zum ***Schein,*** und nicht wirklich existierte hatte.

Rasch flüchtete sie sich in eine Scheingeburt – und später in eine Scheinehe.

Und jetzt gibt sie zum Schein vor, glücklich zu sein ...

DIE UNERGRÜNDLICHE PERSON

Im Hause seines Freundes Feldmarschall Sumpfback von Bauchklo begegnete Prof. Wladimiro Schmauchkopf einer Person, die so unergründlich war, dass sie ihm nicht nur, je mehr er sich fasziniert ihrer Erforschung verschrieb, desto ***rätselhafter*** schien – sondern am Ende sogar zweifeln ließ, ob sie überhaupt eine Person war ...

„BEGEHREN SIE SICH!“

„Begehren Sie sich selber, wenn es sonst keiner tut!“ Den durchaus plausiblen Schlüsselsatz aus dem „Leitfaden für die erfüllte Liebe“ von Ulla Drachenbirn machte sich gern auch Hofrat Wirsing Schmalzopf zu eigen.

Da er aber leider streng katholisch war und sich partout auf eine ***Trauung*** mit sich kaprizierte – zerbrach er letztlich an seiner Ungenügsamkeit und der Ignoranz der Kirche.

„BEGEHREN SIE SICH NICHT!“

„Begehren Sie sich nicht, dann werden Sie auch nicht von sich enttäuscht!“ Dem scheinbar logischen Argumente seines Psychiaters Prof. Arnulf Hüpfzwirn folgte Monsieur Jérôme Goschlhirn getreulich sein ganzes Leben lang – und starb dennoch einsam und verdrossen.

Immerhin aber erfuhr er im Jenseits dann, wie überaus ***begehrenswert*** er doch gewesen war …

„BEGEHREN SIE MICH!“

„Begehren Sie mich schleunigst, sonst lasse ich mich unwiderruflich scheiden!“, drohte gebieterisch die Marquise Eugenie Knallschädel ihrem Gemahle Lothar, der leider auf ihr Geld dringend angewiesen war.

Worauf er ihr vor Schreck, und um seinen guten Willen zu demonstrieren, gleich hinten hineinkroch.

Aber da ließ sie sich erst recht scheiden. Und verklagte ihn obendrein wegen „mangelnden Respekts beim Vollzug der Ehe mit dreijähriger Verspätung“.

„BEGEHREN SIE MICH NICHT!"

„Begehren Sie mich nicht, denn das ***hilft*** Ihnen nicht, meine Gnädigste!", mahnte eindringlich Dr. Rosinowitsch Kümmeltopf seine Patientin Adina Gallkropf – die sich dem fachmännischen Rate widerspruchslos beugte.

Aber das half ihr ***ebenso*** wenig.

DER HOT DOG UND DIE FLIEGEN

Zwei Fliegen, Hedy und Muchy, umschwärmten einen Hot Dog so lange, bis er zuschnappte und sie verschlang.

Danach bot ihn der stolze Standinhaber als „Hot Dog ***super***" zum Verzehr.

DAS VERFLUCHTE GESCHÖPF

Ein verfluchtes Geschöpf erschien am helllichten Tage im Büro des Generaldirektors Murphy von Schleifrüssel und kippte den Inhalt des Papierkorbs über seinen kostbaren Edelholzschreibtisch.

„Was erlauben Sie sich, Sie verfluchtes Geschöpf?“, zischte er, die Pfeife zwischen den Zähnen. „Wollen Sie dies ***wirklich*** wissen?“, vergewisserte es sich rein rhetorisch – und begann ihm sogleich zu ***zeigen,*** was es sich alles erlaubte.

Wenig später war vom gesamten Inventar – lebend wie tot – nicht mehr die geringste Spur zu finden.

DAS ERLAUCHTE GESCHÖPF

Ein erlauchtes Geschöpf glitt beim Bade auf der Seife aus und fiel gewaltig auf die Nase.

„Habe ich es denn allen Ernstes nötig, mich hier mit solchen ***Widrigkeiten*** herumzuschlagen?!“, haderte es – und gab den Geist auf.

Seither genießt es seine Erlauchtheit wieder völlig frei und unbeschwert.

DAS VERFLUCHTE MONSTER

Ein verfluchtes Monster hielt regelmäßig Gottesdienste ab und erfreute sich allerhöchster Beliebtheit in der gesamten Gemeinde.

Denn damals ahnte ja noch keiner, dass es ein verfluchtes Monster war ...

DIE SCHLANGENBRAUT

Zu seiner ungemeinen Verblüffung verwandelte sich Sir Robson Wurmsacks Braut, Fiorentina, in der Hochzeitsnacht in eine Schlange.

Zunächst völlig ratlos, tritt er nun mit großem Erfolg als ***Fakir*** auf Jahrmärkten mit ihr auf.

DER KREISLAUFKOLLAPS

Professore Carpaccio Pfeffergack rannte unentwegt im Kreise – und hatte nicht die geringste Erklärung hierfür. Bis er endlich merkte, dass er an den „Kreislauf des Lebens“ angeschlossen war.

Rasch zog er den Stecker, indem er aus dem Fenster sprang.

Jetzt hatte er reichlich Zeit, sich wieder zu „kurieren“ …

DER WIEDERBESEELTE UNTOTE

Zur Erfüllung eines lange gehegten Herzenswunschs schloss Bischof Schlemilio Kaltbart aus Anlass seiner Ernennung einen Pakt mit Luzifer, wonach dieser schon zu Lebzeiten frei und ungehindert über seine Seele verfügen dürfe, wenn er ihm dafür jeden Vormittag die Abhaltung einer strengen, zweistündigen Strafpredigt vor vollem (Gottes-)Haus und leeren Mägen mit anschließendem Bußgesang ermögliche.

Ein leckeres, leichtes Geschäft, wie es schien, für den Teufel. Besetzte er doch die Plätze einfach mit treuen Gefolgsleuten – deren Ausdauer und Belastbarkeit er freilich weit überschätzte. Denn schon bald waren die höllisch Genervten dem Trommelfeuer aus des Bischofs Maule nicht mehr gewachsen und winselten, sich auf dem Boden krümmend, um Gnade. Und da sie diese weder von ihrem Peiniger noch von ihrem Gebieter erhoffen durften, richteten sie ihr Flehen lieber gleich an Gott – der sich ihrer prompt erbarmte und die Kirche mit einem Schlage leerte, indem er sie zu sich berief.

Erbost urgierte der Bischof nun die Einhaltung des Vertrages, wozu sich Satan außerstande sah. Er führte höhere Gewalt ins Treffen, für die er nicht zu belangen sei, erklärte sich aber im Kulanzwege ausnahmsweise bereit, dem Kontrahenten die Seele nach dem Tode wieder rückzuerstatten.

Trotzig stürzte sich der Geistliche daraufhin von der Kanzel – und warnt seither als „wiederbeseelter Untoter“ unaufhörlich vor ***jeglichem*** Handel mit dem Teufel. Leider nur hört ihn keiner …

DAS MONSTER IM UNTERROCK

Ein Monster im Unterrock läutete bei Lord Dudley Kalbshirn. Als er öffnete, riss es den Rock hoch, sodass er vor Schreck in Ohnmacht fiel. Dann streifte es ihn ab, strangulierte den Hilflosen damit, bezog sein Haus und gab sich fürderhin als seine Witwe aus.

Und da es mittlerweile seine Frisur in Ordnung gebracht hatte und in einem schwarzen Kleid herumlief, war man auch durchaus bereit, ihm dieses zu glauben.

DER VORSATZ

„Hätte ich ***bloß*** schwimmen gelernt!“, ächzte Monsignore Cicero Senfsack, während er im Pazifischen Ozean ertrank.

„Gleich, wenn ich drüben bin, melde ich mich ***un***widerruflich an!“

DER BRENNENDE HUT (2)

Völlig übermüdet stellte Lord Chester Dudelzwirn beim nächtlichen Blick in den Spiegel fest, dass sein Zylinder, den er abzunehmen vergaß, bereits lichterloh in Flammen stand.

Rasch verschluckte er ihn – um endlich einmal für wirklich ***lange*** ausspannen zu können.

DAS VERMALEDEITE GESCHÖPF

Ein vermaledeites Geschöpf trat als vermögender Kunstliebhaber Marquis Zwitscherbart Semmellaus auf und ließ sich vom angesehenen Galeristen Baron Traumstern Trauerrüssel umherführen und jedes Bild ***ausführlichst*** beschreiben.

Dabei zwickte es ihn „vor Begeisterung“ bei jedem Exponat ***stärker*** ins Gesäß, bis er vor Schmerz schon fast aufschrie. Am Ende nahm es drei Gemälde „gratis“ und die Firmenkasse mit.

Nun erst ***wusste*** der Baron, was ein vermaledeites Geschöpf war. Und aus Dankbarkeit hierüber kniff er sich selbst in den Allerwertesten – und ohrfeigte sich dazu.

DER FREISPRUCH

General Hauruck von Haubenrüssel wurde in sämtlichen ihm zur Last gelegten Anklagepunkten überraschend freigesprochen – worauf er sich aus Trotz das Leben nahm.

Da wurde er schleunigst zur Wiedergeburt verdonnert.

DIE VERRÄTERISCHE VORHANGSTANGE

Auf dem Dachboden des von Colonel Ambroise Spukteufel geerbten Hauses stieß sein Neffe, Sir Matthew Honigmaul, auf eine durch und durch verräterische Vorhangstange.

Inwiefern sie freilich verräterisch war, darüber lässt sich bis heute nur spekulieren.

Denn ***er*** konnte dies wegen seines unmittelbar hierauf erfolgten Ablebens leider niemandem mehr verraten.

„KENNEN SIE MICH NICHT?“

„Kennen Sie mich nicht?“ Neckisch verneigte sich der Tod, einen Strauß Chrysanthemen in der Hand, vor Marquis Jean-Eustache Schmachtrüssel. „Dann wird es wohl allerhöchste Zeit, dass Sie mich endlich kennenlernen!“

Und die beiden verstanden sich so ***gut*** auf Anhieb, dass aus ihnen, hätte der Tod nicht ein solches Übermaß anderweitiger Verpflichtungen, glatt ein Liebespaar geworden wäre!

DER ZAHNSTOCHER UND DIE STECHMÜCKE

Eine Stechmücke ertappte einen Zahnstocher beim Herumstochern in einem alleinstehenden Mund. „Lassen Sie gefälligst diesen Mund in Ruhe, Sie Rüpel, sonst steche ich Sie!“, warnte sie ihn, und er suchte schleunigst das Weite.

Der Mund bedankte sich herzlich für den erwiesenen Beistand. ***„Sehr*** gerne geschehen!“, erwiderte die Mücke höflich, und stach ihn zum Abschied.

UNSITTLICHE ZWEIFEL ODER

DIE FLUCHT INS KLOSTER

Aus Furcht vor ihrem strengen Vater, Pastor Ignazius, der sie übers Knie gelegt hatte, war die kleine Agnes Werwolf ins Kloster geflüchtet, wo sie in christlicher Barmherzigkeit Aufnahme im Bett der Oberin, Schwester Persephone Rüssellaus, fand.

Als sie dieser jedoch den ***Grund*** der Züchtigung, nämlich die Äußerung „unsittlicher Zweifel an der Sittlichkeit des Heiligen Vaters“, gebeichtet hatte, warf sie sie voll Ekel und Abscheu wieder hinaus, bekreuzigte sich mehrmals – und ***verfluchte*** den Pastor dafür, dass er sie nicht ***tot***geprügelt, ja überhaupt erst ***gezeugt*** hatte!

DAS VERZOGENE HAUS

Ein junges Haus in den Ardennen
muss ***dreifach*** man verzogen nennen:

Ganz allgemein besaß es erstens sehr fragwürdige Manieren.
Begann sich zweitens so in eine schiefe Lage zu manövrieren.

Und als sich sein Eigner eines Morgens darüber beklagte
und ihm vor dem Einkaufen gründlich die Meinung sagte,
überspannte es gar noch den Bogen –
und war mittags „unbekannt verzogen"!

DAS SIGNAL

Hofrat Donatius Schelmrüssel hob in einem Park ein Bein – und wie auf Kommando kam ein Hund auf ihn zu und pinkelte ihn an, worauf der Hofrat erbost zu bellen begann.

„Kläffen kann ich selbst, Sie Schwachkopf. Aber behalten Sie gefälligst Ihr Bein unten, wenn Sie nicht wollen, dass man Sie anpinkelt! – ***Verrückter*** Kerl!“

Kopfschüttelnd verschwand der Hund wieder im Gebüsch, um sich erneut auf die Lauer zu legen.

„ENTSCHWINDEN SIE NICHT!“

„Entschwinden Sie nicht so hastig, meine Frau im Nebenzimmer könnte ***auch*** mal wieder einen ordentlichen Schrecken vertragen!“, rief mit boshaftem Lächeln Sir Torsten Firebird einem kopflosen Geist hinterher, der ihm nachts für kurze Zeit erschienen war.

Er ahnte ja nicht, dass ihm selbst ein noch viel größerer Schock bevorstand – wenn er dann am Morgen seine enthauptete Gemahlin vorfand …

„ENTSCHWINDEN SIE, O HEILIGE JUNGFRAU!“

„Entschwinden Sie wieder, o Heilige Jungfrau, ***rasch***, ehe der ***Teufel*** hier auftaucht!“, drängte flehentlich Hochwürden Karsten Windkraut die Jungfrau Maria, die ihm eben in holder Grazie erschienen war.

Leider völlig zur Unzeit. Denn der Besuch des ***Papstes*** stand unmittelbar bevor.

DIE LATERNENAKROBATIN

Eines lauen Sommerabends selbstzufrieden durch eine Allee flanierend, gewahrte Madame Ringelnoise Schauerrüssel, erlauchte Professorin der Sorbonne, eine in absonderlicher Pose auf einer Laterne thronende, seltsam gewandete Dame mit Regenschirm.

„Hat man etwa Regen angekündigt?“ Besorgt blickte sie zu ihr hinauf, doch anstelle einer Antwort streckte ihr die Verwegene bloß die Zunge weit heraus, was sie auch auf alle folgenden Fragen tat. – Einen derartigen Umgang mit ihrer Autorität ganz und gar nicht gewohnt, begann die Gelehrte schließlich wütend den Laternenmast zu schütteln.

„Hat man denn ***so*** etwas schon gesehen?! Da ***fällt*** kein Obst herab, Sie närrische Alte!“, ließ die Unbekannte nun sogar vernehmen – spannte ihren Schirm auf und flog kichernd davon, während Madame wie von Sinnen weiterrüttelte. Bis es wirklich zu schütten anfing.

Da verfluchte sie den Tag ihrer Geburt und eilte völlig durchnässt heim.

„ERSCHIESSEN SIE MICH!“

„Erschießen Sie mich bitte, denn ich habe heute Geburtstag!“, wandte sich Mrs. Silly Großkropf an den Sterbehelfer Dr. Hollfried Sarggrün – der ohne zu zögern ihrem Begehren nachkam.

Weil, wie er sich später der Behörde gegenüber verantwortete, ihre Begründung ***hinreichend*** dargelegt habe, dass sie mit ***besonders*** klarem und scharfem Verstande gesegnet gewesen sei und sich der Tragweite ihrer Entscheidung daher durchaus bewusst war.

„ERSCHIESSEN SIE MICH NICHT!“

„Erschießen Sie mich nicht, denn Sie könnten dies bitter bereuen!“, warnte ein Reh den passionierten Weidmann Tassilo Moorlaus – der sich in seiner Borniertheit aber nicht davon abbringen ließ.

Und das ***wahrhaftig*** zu bereuen hatte – denn niemals wieder hörte er ein Tier sprechen.

Sogar, was noch weit schwerer wiegt, ***drüben*** nicht …

„ERSCHIESSEN SIE SICH!“

„Erschießen Sie sich ruhig, Sie Tölpel, Sie bereiten jedem die reinste ***Freude*** damit!“, versuchte der brillant geschulte Polizeipsychologe Dr. Archivarius Kleinzopf eben jene Verzweiflungstat des wegen einer verlorenen chemischen Formel in Raserei geratenen Professors Ginster Clownbein zu verhindern.

Leider mit doppeltem Misserfolg – denn vorher erschoss dieser auch noch ihn.

„ERSCHIESSEN SIE SICH NICHT!“

„Erschießen Sie sich nicht, denn damit ist wahrlich niemandem gedient!“

Nichts ***weniger*** als irgendjemandem dienen wollend, schoss sich Miss Lara Giftrüssel daher dennoch in den Kopf.

Und sah in jeder Hinsicht dumm aus hinterher.

„DARF ICH SIE GRÜNDLICH RASIEREN?“

„Darf ich Sie gründlich rasieren, Mylord – für einen guten Zweck?“ Ungestüm bedrängte die charmante Lady Cheryl Fireborst, die nur leider über keinen Unterleib verfügte, auf einer Wohlfahrtsparty Lord Bertrand Hundsgack. Geschmeichelt willigte er ein, obschon er weder Haar- noch Bartwuchs aufwies.

Voll Dankbarkeit und Enthusiasmus rasierte sie ihm nun den ganzen Kopf ab – und tauschte diesen auf der Organbörse gegen einen passenden Unterleib.

Und den stolzen Rest des edlen Spenders beherbergte sie in einer Glasvitrine in ihrem Schlafzimmer – damit sie ihm stets ein treues und liebevolles Andenken bewahre.

DIE KREATIVE KREATUR

Eine kreative Kreatur gab ein Paar Maßschuhe für ihre Klumpfüße in Auftrag. Da sie sich in ihrer Kreativität fortwährend verändert, passten ihr die Schuhe bei der Abholung nicht, und sie warf sie dem renommierten Hersteller, Sir Seymour Schildhecht, so dynamisch-kreativ an den Kopf, dass er ihr entzückt die Teilhaberschaft bot.

Die beiden betreiben seither einen überaus kreativen Handel mit Schuhen. Der eine fertigt sie nach Maß, der andere wirft sie den Kunden, so sie bezahlt haben, an den Kopf.

Wenn sie hingegen ***nicht*** bezahlen, wirft ***er*** sich ihnen an den Kopf.

Und dieses ist dann ***mindestens*** so kreativ …

DIE IDEALE BARTLÄNGE

Professor Rüssellaus Wasserburgers feuerroter Bart wuchs und gedieh – bis er bereits den Boden streifte, er sich beim Gehen darin verfing, stürzte und das Genick brach.

„Jetzt endlich weiß ich, wann die ***ideale*** Bartlänge erreicht ist. Gut, dass ich nicht ***noch*** länger zu leben brauchte, um dies herauszufinden!", urteilte er, rundum zufrieden, in einer anderen Welt.

DER LEICHENAUFSTAND

Wegen diverser Misslichkeiten und unhaltbarer Zustände auf einem Friedhof erhoben sich die Leichen zum Aufstand.

Sie marschierten in die Stadt, stürmten das Parlament, wo sie sich den Abgeordneten auf den Schoß setzten, und den Regierungssitz, wo sie dem Kanzler die Perücke vom Kopf rissen. Ferner vergewaltigten sie den Staatspräsidenten sowie die Ministerin für öffentliche Wohlfahrt, und schließlich besetzten noch je zwei von ihnen das Bett und den persönlichen Beicht- und Schminkstuhl des Erzbischofs.

Nachdem man endlich ihren Rädelsführer, Baron Ildebrando Madenspatz, eruiert hatte, wurde er umgehend vor Gericht gestellt. Und da man ihn bedauerlicherweise nicht mehr zum Tode verurteilen konnte, wusste man sich keine andere Strafe, als ihn zum ***Leben*** zu verdonnern.

Ob ***dieses*** freilich seine Läuterung bewirkte, bleibt bis heute mehr als fraglich.

„DARF ICH SIE KRIMINALISIEREN?“

„Darf ich Sie kriminalisieren?“ Sich über den vehementen Einspruch ihres missliebigen Nachbarn Prof. Knickesack Hundekamm glatt hinwegsetzend, begann die zwangspensionierte Kriminalrätin Bernadette Lichterloh unverzüglich ihr Werk, indem sie ihn so lange malträtierte, drangsalierte und schikanierte – bis er sich in schierer Verzweiflung völlig vergaß und ihr den Hals umdrehte.

Und nun erst war sie restlos glücklich und zufrieden.

Dass ihn das Gericht dann durch einen Freispruch wieder ***ent***kriminalisierte, ließ sie drüben fast an eine Rückkehr denken ...

DAS VERÄCHTLICHE GRINSEN

Oberstudienrat Ophelius Pflanzhirn grinste verächtlich, als er merkte, dass er gestorben war.

Denn jetzt endlich konnte ihm das Leben gestohlen ***bleiben*** – und der Tod gestohlen ***werden!***

„MEIN SCHATZ IST EINE FLIEGE!“

„Mein Schatz ist eine Fliege!“, notierte Feldwebel Flirt von Quarkhummel in sein galantes Tagebuch.

Wusste er doch, dass seine neueste Eroberung, Gräfin Lucinda Schinkenburger, ihre Weigerung, Gemahl Duncan auf der Stelle für ihn zu verlassen, nur ***wenige Tage*** überlebte.

Denn dafür würde er schon sorgen.

DIE UNGEWÖHNLICHE KONSTELLATION

Sir Kenneth Büffelkopf, frischgebackener Ehemann, und Mrs. Halifax Klofeder, frischgebackene Ehefrau, verliebten sich in einer Backstube unversehens ineinander.

„Dies ist wahrhaftig eine ungewöhnliche Konstellation!“, stimmten beide überein – und entledigten sich ihrer „alten“ Partner, indem sie sie in die neue Hochzeitstorte einbuken.

DER SEHNSUCHTSVOLLE MORD

Ein Mord ***verzehrte*** sich geradezu in Sehnsucht nach einem Mörder. Doch wie nur einen solchen finden?

In seiner Verzweiflung annoncierte er in einem Boulevardblatt: „Mord sucht Mörder. Spätere Heirat nicht ausgeschlossen.“

Und in der Tat war er mit seinem kühnen Schritt binnen kurzem erfolgreich.

Wobei sich das schmachtende Paar dann auch ***ohne*** Ehevertrag sehr rasch einigte …

MIX
Papier aus verantwortungsvollen Quellen
Paper from responsible sources
FSC® C105338

FSC
www.fsc.org

Printed by Books on Demand GmbH, Norderstedt / Germany